AF192802

UN MUNDO ENTRE LUZ Y SOMBRAS
© Judith Raquel Carmona Puente
Diseño de portada: Dpto. de Diseño Gráfico Exlibric

Iª edición

© ExLibric, 2026.

Editado por: ExLibric
c/ Cueva de Viera, 2, Local 3
Centro Negocios CADI
29200 Antequera (Málaga)
Teléfono: 952 70 60 04
Fax: 952 84 55 03
Correo electrónico: exlibric@exlibric.com
Internet: www.exlibric.com

ISBN: 979-13-88255-28-1
Depósito Legal: MA 507-2026

Impresión: PODiPrint
Impreso en Andalucía – España

Nota de la editorial: ExLibric pertenece a Innovación y Cualificación S. L.

JUDITH RAQUEL CARMONA PUENTE

UN MUNDO ENTRE
LUZ Y SOMBRAS

ExLibric

ANTEQUERA 2026

1

El susurro de la leyenda

Desde que tengo memoria, la misma historia me ha acompañado, contada una y otra vez. La historia de la leyenda, esa que mi madre me repetía cuando era pequeña y que mi abuela también me contaba sentada junto al fuego. Cada noche, antes de ir a dormir, mientras las sombras crecían en las paredes de mi habitación, la voz grave de mi madre llenaba el aire con palabras que nunca entendí del todo, pero que siempre me parecían extrañas y lejanas.

—Hay dos mundos, Aria —me decía—. Uno de luz, y otro de oscuridad. Y entre ellos, hay una barrera invisible que no debe cruzarse. La historia dice que hubo un tiempo en el que ambos reinos estaban unidos, pero algo sucedió, y la oscuridad y la luz fueron separadas para siempre…

»La historia decía que hubo un tiempo en el que ambos reinos estaban unidos, pero algo sucedió, y la oscuridad y la luz fueron separadas para siempre…

Recuerdo las palabras de mi madre, pero la verdad es que nunca les di mucha importancia. Después de todo, vivíamos en un pueblo tranquilo, donde las estaciones pasaban sin hacer ruido, y los días parecían igual al anterior. Era difícil imaginar que algo tan fantástico pudiera ocurrir en un lugar como este.

Mi vida era sencilla. El sol se alzaba temprano sobre las colinas que rodeaban el pueblo, bañando de dorado los campos de trigo que se extendían hasta donde alcanzaba la vista. El aire siempre tenía ese toque fresco, húmedo por la mañana y cálido por la tarde.

La aldea era pequeña, apenas un puñado de casas de techos rojos, con calles de piedra empedrada y un par de tiendas que nunca parecían cambiar, no importa cuántos años pasaran.

Vivíamos en una casa de madera en la plaza principal, justo enfrente de la fuente que servía de punto de encuentro para los aldeanos. Mi madre siempre me decía que, cuando era pequeña, la plaza estaba llena de risas y conversaciones, pero últimamente había una calma extraña en el aire. Apenas se escuchaban niños corriendo por las calles, ni se veían las viejas mujeres de la aldea tejiendo bajo el sol como antes. A veces, me sentía como si algo estuviera en espera, pero no sabía qué.

Pasaba mis días entre la tienda de mi madre, que vendía hierbas y remedios que mi abuela había aprendido a preparar, y la biblioteca del pueblo, donde me sumergía en libros de todo tipo. Me encantaba leer, aunque la mayoría de los libros solo hablaban de cosas mundanas: cosechas, historias de los antepasados, cómo reparar una carreta rota. Pero entre las estanterías polvorientas, siempre había algo que me fascinaba más que los relatos comunes: los viejos tomos que hablaban de las leyendas, de mitos olvidados, de criaturas extrañas que habitaban en las sombras. Los leía en secreto, sin decirle a nadie lo mucho que me cautivaban esas historias de mundos perdidos.

Sin embargo, aún no podía comprender del todo lo que significaban las historias de mi madre. Había algo en ellas que me atraía, pero siempre lo dejaba de lado. Al final, la leyenda de la luz y la oscuridad parecía un cuento para dormir, algo que se susurraba en las noches sin importancia, como tantas otras historias del pueblo.

A medida que los días pasaban, la calma del pueblo se volvía aún más palpable. Nadie hablaba de nada extraño y la gente parecía demasiado ocupada con sus rutinas diarias. Pero, algo comenzó a cambiar, lentamente. Las noches empezaron a ser más oscuras y, por alguna razón, los caminos hacia el bosque parecían más largos. No sé si era solo mi imaginación, pero algo en el aire me decía que pronto habría un cambio, aunque no sabía qué.

Un día, mientras caminaba hacia la biblioteca, después de haber ayudado en la tienda, escuché una conversación que me detuvo en seco. Estaba cerca de la plaza cuando vi a un par de ancianos sentados en una banca, hablando en voz baja.

—Dicen que el rubí ha aparecido, y con él, todo puede cambiar —murmuró uno de ellos, sin notar que pasaba cerca.

—¿Qué dijo, señor William? —pregunté sin evitar que la curiosidad me carcomía.

—Esto es solo una simple leyenda, no debes tomarla en serio, Aria. Ya sabes, la leyenda de dos mundos que fueron separados por una traición —respondió el señor William, su voz grave y serena, como si tratara de calmarme.

Lo miré fijamente, tratando de descifrar el significado detrás de sus palabras. En su rostro se dibujaba una expresión de preocupación, pero también de algo más, algo que no lograba entender.

—No entiendo… —murmuré, sin poder evitarlo.

Algo en mis entrañas me decía que había más de lo que él quería admitir. Quizás no era solo una historia, un simple cuento que mi madre y los ancianos del pueblo me repetían cada noche.

—Aria —dijo el señor William, interrumpiéndome, y sus ojos se suavizaron—. El mundo está lleno de leyendas, historias que crecen con el tiempo, transformándose en algo más grande de lo que alguna vez fueron. No te dejes atrapar por ellas. Lo que importa es lo que está frente a ti, lo que puedes ver y tocar. La verdad es más simple de lo que imaginas.

El señor William era un hombre mayor, de esos que parecían llevar consigo el peso de los años y las historias no contadas. Su rostro, surcado por arrugas profundas, tenía la serenidad de aquellos que han vivido lo suficiente como para saber cuándo hablar y cuándo callar. Su cabello, ya completamente gris, caía en pequeños mechones desordenados alrededor de su frente, pero sus ojos, esos ojos azules que a veces parecían reflejar el cielo más claro y otras veces el mar más profundo, aún mantenían una chispa viva.

Llevaba siempre una capa de lana oscura, raída por los bordes, y sus manos, a pesar de su avanzada edad, se movían con una destreza inusitada, como si aún estuviera acostumbrado a trabajar con herramientas que requieren paciencia y precisión. Cuando caminaba, su paso era lento pero seguro, y aunque su espalda estaba ligeramente encorvada, su presencia era imponente, como si aún poseyera la fuerza de muchos hombres jóvenes.

Las historias que contaba siempre eran tan cautivadoras como enigmáticas. Nadie en el pueblo podía recordar cuándo exactamente había llegado a vivir allí, ni de dónde venía, pero todos sabían que el señor William había sido una presencia constante en sus vidas. Algunos decían que había sido un erudito de tierras lejanas, otros que había servido en tiempos antiguos como consejero en la corte de algún rey, pero lo cierto era que su vida era un misterio, tan denso como las sombras que rodeaban el pueblo en las noches sin luna.

A pesar de ser respetado por todos, había algo en su mirada que desconcertaba. No era miedo, sino una especie de advertencia silenciosa, como si supiera algo que los demás ignoraban, algo que podía cambiar la vida de cualquiera, pero que debía mantenerse oculto. Su voz grave y pausada, cuando hablaba, tenía la capacidad de calmar, pero también de inquietar, como si cada palabra estuviera cargada de un peso histórico, de un conocimiento que solo él poseía.

A menudo, el pueblo entero se reunía para escuchar sus relatos, especialmente cuando el invierno se instalaba con su manto helado y las largas noches nos obligaban a refugiarnos alrededor de la chimenea. Aunque siempre hablaba con la misma calma, los viejos relatos que narraba parecían tener el poder de envolvernos en un misterio palpable, como si las palabras del señor William pudieran abrir puertas a mundos que ninguno de nosotros conocía.

—El Ojo de los Dos Mundos —dijo una noche, cuando el viento aullaba en las ventanas y las llamas de la hoguera danzaban.

Nadie se atrevió a interrumpir, aunque muchos nos mirábamos entre sí, ignorantes de a qué hacía referencia. El señor William, con su habitual tranquilidad, nos contó la leyenda como quien recita una verdad olvidada, tan natural que, por un momento, parecía que siempre la hubiéramos sabido.

—Era una gema poderosa, capaz de equilibrar la luz y la oscuridad —comenzó, su mirada fija en el fuego, como si recordara tiempos muy lejanos—. Los antiguos creían que quien la poseyera controlaría no solo los destinos de los hombres, sino los propios elementos. Pero algo sucedió… la traición. Y esa gema se rompió en mil fragmentos, dispersos por todo el mundo, ocultos hasta que alguien con el corazón correcto los reúna.

No sabía por qué, pero mis pensamientos se detuvieron por un segundo. Yo, que siempre había escuchado las historias del viejo William como meros cuentos de otro tiempo, sentí algo en esas palabras. Algo que no había sentido antes. Mi mente trató de racionalizarlo, pero mi corazón me decía lo contrario, como si la historia fuera más que solo un relato antiguo.

—La leyenda habla de un elegido, alguien destinado a reunir esos fragmentos —continuó el señor William—. Pero, como siempre ocurre en los relatos que persisten a través de los siglos, el camino estará lleno de sombras y pruebas. Y quien intente alcanzar el poder que ofrece el Ojo de los Dos Mundos, deberá enfrentarse a los propios demonios de su alma.

Miré alrededor. Las caras de los presentes mostraban confusión, pero también un atisbo de fascinación, como si todos estuviéramos esperando que algo más sucediera. Algo que nos hiciera entender por qué aquellas palabras nos calaban tan profundo.

De repente, sentí que el aire se espesaba, y algo en mi interior despertó, como si la historia tuviera un eco que resonaba en alguna parte de mi alma.

—¿Y qué sucedió con el elegido? —pregunté, sin pensar.

Mis labios se movieron antes que mi mente pudiera detener las palabras.

¿Por qué había preguntado eso? La curiosidad me había vencido, pero al hacerlo, me di cuenta de que todos los ojos estaban ahora sobre mí.

El señor William, en su acostumbrada calma, me miró fijamente, como si hubiera esperado que alguien hiciera esa pregunta.

—Ah, la historia del elegido —respondió, dejando que su voz se desvaneciera en el aire—. Nadie sabe quién es, ni cuándo aparecerá. Pero lo que es cierto es que quien intente reunir los fragmentos, si es digno de hacerlo, no solo cambiará su destino, sino que tendrá el poder de alterar el equilibrio de ambos mundos.

El silencio que siguió a sus palabras fue absoluto. Nadie se atrevió a hablar. La habitación, antes acogedora, parecía de repente demasiado grande, llena de sombras y secretos. Incluso la chimenea pareció callarse, como si se hubiera cansado de luchar contra el viento que se colaba por las rendijas.

—¿Y qué haría esa persona con ese poder? —insistí, sin poder evitarlo.

Mi mente estaba en un torbellino de pensamientos, y una sensación de inquietud me invadió. Algo en esa leyenda resonaba dentro de mí, como si el destino hubiera decidido ponerme a prueba.

El señor William tardó un momento en responder. Al final, sus ojos brillaron con una intensidad que no había notado antes, y su voz, aunque suave, tenía una firmeza que no dejaba lugar a dudas.

—Eso, querida Aria, es lo que todos temen y desean a la vez. El poder de cambiar el curso de los eventos, de decidir el futuro… Pero cada elección tiene un precio. Y, a veces, el mayor peligro no está en el enemigo externo, sino en los propios deseos de quien posee el poder.

Sentí un escalofrío recorrer mi columna vertebral. ¿Por qué esa historia parecía hablarme directamente a mí? ¿Qué quería decir con eso de que los deseos de quien poseyera el poder serían un peligro? Mi mente seguía haciendo preguntas, pero no pude articular ninguna más.

El aire en la habitación parecía pesado y la conversación se desvió rápidamente hacia otros temas, pero yo no podía dejar de pensar en la leyenda. Algo había cambiado dentro de mí, algo que no sabía cómo manejar.

Cuando la reunión terminó y todos se levantaron para regresar a sus hogares, el señor William me miró por última vez, su mirada penetrante aún ardiendo en mis recuerdos.

2

Lo que la leyenda esconde

Al día siguiente, la historia del Ojo de los Dos Mundos seguía rondando mi mente, como una melodía que no podía dejar de sonar. Mientras realizaba las tareas diarias, las palabras del señor William parecían repetirse en mi cabeza una y otra vez, como un eco lejano, pero cada vez más cercano. ¿Qué significaba realmente esa historia? ¿Por qué sentí algo en mi interior que me decía que había algo más en sus palabras de lo que parecía?

El pueblo continuaba con su tranquilidad habitual. Las mujeres conversaban entre ellas mientras tejían o cuidaban de sus hogares, los hombres se encargaban del ganado y los campos, y los niños jugaban sin preocupaciones. Pero yo no podía dejar de pensar en aquellas palabras, en la gema, en los fragmentos perdidos y en lo que todo eso podría significar.

Intenté distraerme con alguna tarea, pero no podía concentrarme, pues no podía quitarme la leyenda de la cabeza, ni tampoco las palabras del señor William. Cada vez que trataba de enfocarme en algo más, las imágenes de la gema rota, los fragmentos perdidos y la idea del elegido que debería restaurar el equilibrio entre la luz y la oscuridad me invadían sin control.

Era como si algo dentro de mí se hubiera despertado, un susurro en mi alma que me instaba a seguir adelante, a buscar respuestas.

Entonces, mientras me encontraba en el mercado, intentando poner mi mente en cosas más mundanas, una joven se acercó a mí. No la conocía bien, pero su rostro me era familiar. Sus cabellos dorados brillaban bajo el sol y su risa era tan ligera que se sentía como un viento suave en medio de una tarde cálida.

—¡Aria! —exclamó con entusiasmo—. Estuve pensando en la historia que compartimos anoche, sobre los dos mundos y el Ojo. Fue fascinante, ¿verdad? Todos nos divertimos tanto escuchando al señor William.

Elara era una chica muy alegre, y siempre iba bien vestida, con un vestido muy elegante y largo al mismo tiempo. Su vestido era negro, como la noche, y los bordes eran dorados como el sol. Lo que tenía entendido era que su familia era la más conocida del lugar donde vivíamos, era una familia por encima de nosotros. Nunca supimos cómo llegaron a este lugar, donde no había casi nada. Pero Elara era una chica diferente, apenas parecía que provenía de una familia con muchos privilegios. Ella se adaptó muy bien a este lugar, pero su madre no estaba muy convencida, y no entendía nuestras culturas ni costumbres.

—Sí, estuvo muy interesante. Esta noche hay otra reunión a la luz del fuego. El señor William va a contar lo que queda de la leyenda. Y la contará desde el principio para aquellos que no estuvieron anoche —dije con una sonrisa.

Elara asintió con una sonrisa radiante, como si la emoción del momento se apoderara de ella en cuanto pensaba en las historias del señor William.

—¡Genial! Entonces esta noche nos veremos de nuevo. ¿Vas a contarnos algo nuevo sobre la leyenda? —preguntó, sus ojos brillando con expectación.

Sentí un leve cosquilleo en el estómago al ver su entusiasmo. Algo en sus palabras me hizo pensar que la leyenda ya no solo nos unía como una tradición del pueblo, sino que parecía tener un poder más allá de lo que imaginábamos. El señor William había hablado de esa gema rota, del Ojo de los Dos Mundos y de un elegido… Y en mis pensamientos, no podía evitar preguntarme si esa historia alguna vez tendría algo que ver conmigo.

—Lo que queda de la leyenda… —dije, con voz baja, como si las palabras pudieran despertar algo antiguo que no debía tocarse—. Pero, esta vez, espero que nos cuente con más detalles, algo… diferente.

Elara me miró, algo intrigada, pero no dijo nada. En su rostro se reflejaba una mezcla de curiosidad y algo más. Algo que no lograba descifrar completamente. Quizás, como yo, también sentía que la leyenda estaba tocando nuestras vidas de una manera más profunda, más real.

—Vamos —dije, con un leve gesto hacia el horizonte—, aún tenemos un poco de tiempo antes de la reunión. ¿Quieres caminar un rato conmigo hasta el río? Necesito despejar la mente.

Elara sonrió, como si la idea de un paseo tranquilo le encantara. Asintió con entusiasmo.

—Claro, será un buen momento para hablar, y quizás para pensar en las palabras del señor William.

El sol estaba comenzando a ponerse, tiñendo el cielo de tonos naranjas y rosados. Caminamos en silencio al principio, con el suave sonido del agua del río rompiendo la calma. Pero, pronto, Elara rompió el silencio.

—¿Qué piensas de todo esto, Aria? De la leyenda, quiero decir. No puedo dejar de pensar en cómo las palabras del señor William nos afectan.

Me detuve por un momento, mirando el reflejo del sol en el agua. La verdad es que no sabía qué pensar. Había algo en las palabras de William, algo que me hacía sentir que la historia iba mucho más allá de lo que imaginábamos. Un escalofrío recorrió mi espalda.

—Creo… —dije finalmente— que la leyenda podría ser más real de lo que creemos. Y lo que es aún más extraño, es que algo dentro de mí me dice que está a punto de suceder algo grande. Algo que cambiará todo.

Elara se acercó un poco más, su mirada fija en mí.

—No tengo dudas en lo que te estoy diciendo, pues ya te digo, no es normal que el señor William sepa demasiado, y que los aldeanos hablen sin parar de ello, de un elegido, y un rubí que se encontró excepto una parte de él —dije con sinceridad.

—Lo sé, Aria, yo llevo muy poco tiempo aquí, pero también me siento muy atraída por la leyenda, todo lo que dice el señor William parece que no es solo un secreto, sino algo más allá —me respondió con la misma sinceridad—. Y ahora vamos, está empezando a caer la noche, y el señor

William ya estará preparando la hoguera, para que podamos sentarnos con él.

Empezamos a caminar. Estuvimos todo el trayecto en silencio.

Solamente se escuchaban a los pocos pájaros que quedaban despiertos, el aire que rebotaba en las ramas y los sonidos de hojas pisadas.

Elara iba unos pasos delante de mí, pero a ratos desaceleraba para mantenerse cerca. El cielo comenzaba a oscurecer del todo, y entre los árboles ya se podía ver el resplandor del fuego iluminando el claro donde el señor William solía esperarnos.

Ninguna de las dos dijo nada, pero ambas sabíamos que aquella noche algo cambiaría. Era una certeza extraña, como si el bosque lo susurrara en cada crujido de ramas y soplo de viento.

Cuando por fin llegamos, William ya estaba junto al fuego, sentado sobre una manta con una tetera de metal apoyada sobre una piedra. Nos miró con una sonrisa leve, pero sus ojos parecían más serios que de costumbre.

—Pensaba que no vendríais —dijo con voz ronca, mirando las llamas—. Esta noche… será distinta —añadió mientras encendía su pipa.

Nos sentamos frente a William sin decir una palabra. El crepitar del fuego se convirtió en el único sonido, llenando los huecos que nuestras voces no se atrevían a ocupar.

Elara me miró de reojo, como preguntándome si estaba lista. Le respondí con un gesto apenas perceptible, un leve asentimiento que también sentía en el pecho.

—Quiero contarles algo que no está en ningún libro —empezó William, con la mirada fija en las llamas—. Ni siquiera en los antiguos. Porque esta historia... aún no ha sido escrita del todo.

El viento sopló con suavidad y las hojas crujieron alrededor de nosotros, como si el bosque prestara atención.

—Hace muchos años, antes de que cualquiera de nosotros respirara este aire, un fragmento de algo poderoso cayó del cielo. No fue una estrella ni un meteoro... fue algo vivo. —Hizo una pausa y tomó aire—. Un corazón.

Mis ojos se clavaron en él. Elara entreabrió los labios, como si hubiera reconocido aquellas palabras en lo más profundo de sí.

—Un corazón hecho de rubí. Enorme, brillante, vivo —continuó—. Dicen que podía latir por sí solo, que lo hacía bajo tierra, llamando al elegido.

—¿El elegido...? —pregunté, apenas susurrando.

William asintió lentamente.

—Sí. Aquel capaz de completarlo. Porque cuando cayó, le faltaba una pieza. Como si el destino quisiera que alguien la encontrara... o que alguien la encajara.

Elara se llevó una mano al pecho. Yo sentí un escalofrío recorrerme. ¿Y si era verdad? ¿Y si el rubí que los aldeanos mencionaban no era solo una metáfora?

¿Y si esa pieza... aún estuviera perdida?

—Muchos la han buscado. Algunos por poder, otros por fe. Pero ninguno ha llegado tan lejos como ustedes.

Me giré hacia Elara. Sus ojos, mezcla de azul y verde, brillaban con una intensidad nueva. Como si supiera algo que ni ella misma había entendido hasta ahora.

William se inclinó hacia nosotras, bajando la voz.

—La pieza del rubí no es algo que deban buscar en el mundo. Está dentro de ustedes. La pregunta es… ¿cuál de las dos la lleva?

El silencio se hizo espeso como la niebla. El fuego crepitó más alto. Algo en la noche se estremeció.

Y supe, sin saber por qué, que después de esa noche, nada volvería a ser igual.

—¿Y si la llevamos las dos? ¿Eso podría ser posible? —pregunté, dudando de lo que dijo William. Mirándolo como si él tuviera todas las respuestas que deseaba encontrar, en aquel mismo instante.

William suspiró y empezó a encender su pipa, como si estuviera buscando las palabras claves que añadir. El humo empezó a extenderse en el aire, mientras que le daba un calo a su pipa, y las pequeñas brasas del tabaco quemado se encendían.

—No, Aria, no es posible. La luz nunca ha compartido nada con la oscuridad, y está claro que alguna de las dos tiene un secreto muy oscuro que debe averiguar —respondió mientras le daba otro calo a su pipa—. Una de vosotras tiene el corazón noble, y la otra el más oscuro.

William volvió a aspirar profundamente de su pipa, y esta vez exhaló el humo hacia el fuego. Por un instante, la bruma pareció dibujar una silueta: un dragón enroscado sobre sí mismo, dormido bajo tierra.

—Hace siglos —comenzó, con la voz más baja aún— existió un guardián. No de carne, sino de fuego, de alma. Lo llamaban el Dragón Dormido. Era el protector del equilibrio entre luz y sombra. No destruía, no juzgaba. Solo dormía. Pero si se despertaba… traía consigo el caos o la verdad. Dependía de quién lo despertara. —Nos miró con intensidad—. Ese guardián está conectado a vosotras. No por casualidad. Lleva siglos esperando que una de ustedes lo despierte. Pero solo una puede hacerlo sin destruirlo todo.

Aria tragó saliva. El silencio cayó como una losa.

—Y… ¿cómo sabremos cuál de nosotras es? —preguntó, casi en un susurro.

William la miró fijamente.

3

El guardián dormido

William dejó la pipa sobre una piedra plana, el humo todavía danzando como si no quisiera disiparse.

—No lo entendéis aún… pero no se trata solo de vosotras. Él también os espera.

Aria frunció el ceño.

—¿Él?

William asintió lentamente, y con un gesto señaló hacia el norte, más allá del bosque, donde la niebla se volvía más densa.

—El guardián. El dragón no es solo una leyenda.

Duerme bajo la montaña, sellado en piedra, pero vivo. Y con cada decisión que toméis, su sueño se agita.

Elara dio un paso al frente, seria.

—¿Qué ocurre si despierta antes de tiempo?

William no respondió al instante. Miró al fuego… y por un instante, este se volvió azul.

—Entonces… no podréis volver a ser quienes sois ahora.

Los aldeanos intentaban también entender las palabras del señor William, pero parecía que ninguno lograra comprender lo que estaba diciendo, ni siquiera qué quería decir «con que no seríamos las mismas de siempre» en otras palabras. Era todo muy confuso, y sabíamos que después de esa noche, nada sería como antaño.

Algo nuevo despertó en nosotras, quizás un poco más de curiosidad. O tal vez fue el deseo de saber si estaba diciendo la verdad. Porque en el fondo, sabíamos que aquella leyenda tenía algo más oscuro de lo que aparentaba.

William dejó ahí el final, dijo que más adelante haría otra reunión, para seguir contando todo aquello que había callado por años.

Esa noche, algo cambió. El viento soplaba con una fuerza extraña, y las estrellas parecían parpadear con un brillo más intenso. La calma habitual del pueblo fue interrumpida por un estremecimiento en el aire, como si la misma tierra estuviera respirando.

Elara, en su cama, comenzó a moverse inquieta. Su respiración se volvió irregular, como si algo estuviera agitando su interior. A través de la ventana, la luna brillaba con un resplandor que no habíamos visto nunca.

En su sueño, Elara caminaba por un pasillo largo, oscuro, con paredes de piedra fría. Frente a ella, una puerta tallada con símbolos desconocidos. Y al fondo, un rugido profundo y bajo, como si algo muy antiguo se estuviera despertando.

El dragón estaba volviendo a la vida.

Elara no se movió de la cama durante varios minutos. Sus manos aún temblaban. Observó sus dedos manchados con esa ceniza oscura, como si su cuerpo hubiese tocado fuego en sueños.

Se levantó con lentitud, caminando hacia el pequeño espejo de su habitación. Y allí lo vio: en su clavícula, justo sobre el hueso, una marca que no estaba antes.

Un símbolo trazado con líneas finas, ardientes. Una media luna invertida, rodeada por tres puntos, como si alguien la hubiera dibujado desde dentro.

Intentó tocarla, pero su piel no ardía. No dolía.

Solo... latía.

—¿Qué es esto...? —susurró.

Pero no hubo respuesta.

Elara alzó la mirada al espejo. Por un instante, su reflejo no parpadeó al mismo tiempo que ella.

Fue apenas un segundo. Pero bastó. Algo en su interior se quebró.

O se liberó.

—¿Será que yo tengo la oscuridad dentro de mí? —susurró nuevamente para sí misma.

Elara se puso su vestido negro de siempre, y salió de su habitación, confundida, sin saber qué hacer, ni cómo ocultar ese símbolo, que había aparecido repentinamente, como si hubiese estado siempre escondido bajo su piel, esperando el momento exacto para manifestarse.

Cada paso hacia el exterior le pesaba, como si la tierra misma reconociera el cambio en ella.

Sabía que no podía decírselo a Aria. No todavía.

No mientras esa pregunta seguía quemándole por dentro:

¿Y si era yo… la del corazón oscuro?

Pero el símbolo seguía ahí, latiendo, recordándole que algo más profundo se había despertado.

No solo en ella.

Bajo sus pies.

Elara salió a pasear, como cada mañana. Iba con el cuello tapado, para intentar ocultar la marca, hasta que fuera el momento indicado de decírselo a todos.

El señor William estaba sentado fuera de su casa, con su pipa como era costumbre.

William la observó desde que cruzó el sendero. No dijo nada, pero su pipa dejó de humear. La bajó con lentitud, como si un presentimiento le recorriera los huesos.

—Buenos días, Elara —dijo, sin apartar la vista.

Ella asintió con una sonrisa forzada.

—Buenos días, señor William.

Él entrecerró los ojos, notando algo distinto en su rostro, en su forma de caminar.

—Hoy caminas distinto… como si llevaras algo más que abrigo encima.

Elara tragó saliva, pero no respondió.

Se acomodó el pañuelo sobre el cuello, instintivamente.

—Las señales no siempre son visibles para todos —añadió William, más para sí mismo que para ella—. Pero cuando aparecen… no se pueden ignorar.

Elara lo miró de reojo, inquieta.

William volvió a encender su pipa.

—No preguntaré hoy. Pero cuando estés lista, sabrás a quién buscar.

Y entonces, como si nada, desvió la vista al cielo, como si todo lo que necesitaba decir ya hubiese sido dicho.

—¿Podría preguntarle algo? —dije dudando de mis propias palabras.

—Claro, ¿qué deseas saber de este viejo?

—Anoche usted dijo que solamente nosotras podríamos saber quién lleva la oscuridad dentro. ¿Cómo podríamos saberlo? ¿Quizás con algún símbolo extraño?

William soltó una risa baja, casi inaudible.

—No hay símbolos que delaten la oscuridad —respondió—. No como los que imaginas. Es algo más profundo. Es una vibración, una mirada que no tiembla frente al abismo… porque ya ha estado allí.

Elara bajó la mirada, pensativa. Sus dedos jugaron con el borde de su capa mientras el viento frío le rozaba el rostro.

—¿Entonces… cómo sabremos a quién temer?

—No siempre se trata de temer. A veces, la oscuridad no busca destruir… solo comprender. Pero tú debes aprender a distinguir.

Guardó silencio, como si las palabras se hundieran entre las sombras del bosque. El crepitar del fuego fue lo único que se escuchó por un instante.

—¿Y si me equivoco? —preguntó Elara.

William la miró con gravedad.

—Entonces pagarás el precio. Pero también aprenderás. Y eso, niña, a veces vale más que cualquier victoria.

Elara asintió lentamente. Su pecho se sentía más liviano, aunque las palabras de William cargaban un peso que no podía entender del todo.

—¿Y tú? —preguntó, alzando la vista hacia él—. ¿Cómo lo supiste la primera vez?

William apartó la pipa de su boca. Una brasa roja brilló entre sus dedos antes de apagarse lentamente.

—Porque fallé. —Sus ojos parecieron nublarse con recuerdos antiguos—. Confié en la luz cuando debía mirar a la sombra. Y por eso… muchos murieron.

El fuego entre ellos crepitó con fuerza, como si respondiera a la tensión del momento. Elara tragó saliva.

—Entonces no hay forma segura…

—No —interrumpió él—, pero hay señales. Un leve estremecimiento en el alma. Un silencio que no encaja. Una sonrisa demasiado perfecta.

Elara sostuvo su mirada, decidida.

—Entonces aprenderé. Lo prometo.

William asintió una sola vez.

—Eso es todo lo que se necesita al principio.

—Señor William, ¿por qué tengo yo la oscuridad? ¿Por qué me ha elegido?

—La oscuridad no te elige porque sí, Elara. Quizás hay un pasado oscuro en ti, en tu familia… o simplemente porque siempre estuvo dentro de ti, y nunca quisiste verla, hasta que llegaste a esta tierra. Antes no la veías, pero ahora la reconoces. Y solo tú sabes cómo escucharla.

Añadió por último el señor William, dándole una calada a su pipa.

—¿Y cómo escucho lo que quiere decirme?

El señor William exhaló una nube de humo, que pareció dibujar formas extrañas en el aire.

—Primero debes callar el ruido de afuera… y luego, el de adentro. La oscuridad no grita, susurra. Escúchala en los silencios, en lo que no se dice. No busca asustarte, Elara, solo quiere que sepas quién eres en realidad.

Ella bajó la mirada, sintiendo cómo algo dentro de sí comenzaba a despertar, como si una voz antigua y familiar se deslizara entre sus pensamientos.

—¿Y si no me gusta lo que dice?

William sonrió con tristeza.

—Entonces estarás más cerca de comprenderla.

Elara asintió en silencio, con el peso de sus propias preguntas ardiendo en la garganta. Se abrazó las rodillas, sintiéndose pequeña bajo el cielo opaco de esa tierra desconocida.

—¿Y tú la escuchas también? —preguntó sin mirarlo.

William soltó una breve risa, apagada por la brasa de su pipa.

—Cada día… aunque a veces desearía no hacerlo. La oscuridad no se apaga, Elara, solo aprende a convivir contigo.

Hubo una pausa. El viento sopló entre los árboles lejanos, trayendo consigo un murmullo casi humano.

—Entonces… supongo que tengo que escuchar —dijo ella, con un hilo de decisión en la voz.

William asintió lentamente.

—Y cuando lo hagas, no la temas. Porque si te ha elegido… es porque aún tienes algo que darle.

4

La voz de la oscuridad

El silencio volvió a envolverlos, pero esta vez no era incómodo. Era una pausa que pedía respeto. Elara se abrazó las rodillas, sintiendo el peso invisible de aquello que la rodeaba, que la acechaba desde que despertó del sueño en la cueva.

—No sé si estoy preparada —susurró, más para sí que para William.

—Nadie lo está —respondió él sin dudar—. Solo llega el momento… y decides dar el paso. O no.

La brisa volvió, más fría, y con ella, ese murmullo lejano. Esta vez no era solo un susurro. Era una palabra. Su nombre.

Elara.

Ella alzó la mirada. No había nadie. Solo los árboles moviéndose suavemente, como si asintieran.

Sintió un escalofrío.

—¿Lo has oído? —preguntó.

William negó con la cabeza.

—Ya no. Ahora solo te habla a ti.

Elara tragó saliva. Se levantó despacio, con la respiración entrecortada, y dio un paso hacia el bosque.

No sabía a dónde la llevaría esa voz, ni lo que quería de ella. Pero por primera vez… no retrocedió.

Y la oscuridad pareció abrirse, esperándola.

Elara avanzó en silencio, sintiendo cómo el bosque la envolvía con cada paso. Los árboles parecían inclinarse apenas, como si la reconocieran. Aquel sendero no lo había visto nunca, pero algo en su interior lo recordaba.

El aire era espeso, cargado de un murmullo suave que no venía del viento.

Elara…

Se detuvo. No era un sonido, era una certeza. Como si su nombre hubiera brotado directamente dentro de su mente.

Cerró los ojos. Escuchó.

—Estoy aquí —susurró.

Nada respondió, pero el silencio pareció asentir.

Siguió caminando hasta que llegó a un pequeño claro donde la niebla flotaba baja, girando en remolinos suaves. En el centro, una piedra cubierta de musgo, lisa como un altar. Elara se acercó, sintiendo cómo algo en su pecho latía distinto, como si respondiera a un pulso que no era suyo.

Al posar la mano sobre la roca, el murmullo creció. Voces superpuestas, sin palabras, solo emociones: dolor, poder, anhelo.

Y en medio de todo, una voz clara, serena y oscura:

—No temas. Te he esperado mucho tiempo.

Elara tembló, pero no retrocedió.

—¿Quién eres? —preguntó.

—La parte que olvidaste.

Y en un destello repentino, lo sintió: no era la oscuridad lo que la llamaba… era ella misma, desde un lugar que aún no entendía.

La voz se desvaneció como niebla al sol, pero el eco de sus palabras siguió latiendo en el pecho de Elara. Se sentó frente a la piedra, respirando hondo. El claro entero parecía contener el aliento.

El viento acarició su cabello, y por un instante, todo fue calma.

Pero entonces, algo cambió.

Un crujido leve. Un temblor bajo sus pies. Y una sensación fría que le recorrió la espalda como un susurro indeseado.

—¿William? —preguntó en voz baja, aunque sabía que él no estaba allí.

La piedra comenzó a emanar un leve resplandor oscuro, apenas perceptible. No era luz, era… presencia. Y algo dentro de Elara se estiró hacia ella, como un músculo olvidado que despertaba.

Cerró los ojos.

Vio sombras. Vio una torre envuelta en espinas. Vio sus propias manos cubiertas de algo que no era sangre, pero ardía igual. Y oyó su nombre, repetido muchas veces en un tono reverente… o temeroso.

Cuando abrió los ojos, jadeaba. La niebla había crecido, cubriéndolo todo, y un círculo se había formado a su alrededor, marcado en la tierra con un polvo oscuro.

Y la voz volvió, más cerca esta vez:

—Ya no puedes volver atrás.

Elara tragó saliva. Por primera vez, no sabía si quería hacerlo.

Elara caminaba entre los árboles, sintiendo cómo la brisa susurraba secretos antiguos. Cada paso la acercaba más al claro donde el símbolo lunar parecía querer revelarse. La luz de la luna se filtraba entre las hojas, iluminando con un resplandor plateado el contorno del misterioso signo que llevaba tiempo grabado en su cuello.

Un leve escalofrío recorrió su espalda. No estaba sola. Algo, o alguien, la observaba desde la sombra. Pero Elara no sintió miedo, sino una extraña llamada, como si el bosque mismo quisiera que descubriera la verdad.

Con el corazón acelerado, se detuvo y posó sus manos sobre la tierra húmeda, cerrando los ojos. Dentro de ella, sentía que el dragón dormido comenzaba a despertar.

Elara abrió los ojos lentamente. La tierra bajo sus manos vibraba apenas, como si respondiera a un latido antiguo. No era solo el bosque… era algo más profundo, algo ancestral que la llamaba por su nombre sin palabras.

Una luz azulada comenzó a brillar débilmente desde el símbolo en su cuello. Elara lo tocó con cuidado. Estaba caliente.

Respiró hondo.

—Ya estoy aquí —susurró.

Entonces, las sombras entre los árboles comenzaron a moverse, no con amenaza, sino como si despejaran el camino. Frente a ella, el claro se abrió del todo, revelando una piedra antigua, cubierta de runas desgastadas. Parecía esperarla.

Elara dio un paso adelante y el dragón en su interior rugió en silencio.

Elara se acercó a la piedra. Cada paso retumbaba en el suelo, como si su presencia activara algo dormido en lo más profundo del bosque. Al llegar, extendió la mano y la apoyó sobre la superficie rugosa.

Una ráfaga de energía recorrió su cuerpo. Las runas comenzaron a brillar, primero en un tenue azul, luego en un fulgor plateado que se reflejaba en sus ojos abiertos de par en par.

La piedra tembló levemente y una voz, suave y antigua, resonó en su mente.

—El vínculo se ha despertado. El guardián ha regresado.

Elara se quedó inmóvil, con la respiración agitada. No entendía del todo, pero lo sentía: no era solo un despertar. Era un llamado. Y era solo el principio.

Elara caminó de regreso mientras el amanecer teñía el cielo de tonos dorados y lavanda. El aire era más denso, como si el bosque aún la acompañara. Cada paso la hacía sentir más lejos de la Elara que había salido la tarde anterior. No sabía qué había cambiado exactamente, pero lo sentía… como una llama encendida, silenciosa, en su interior.

Llegó a su cabaña con los pies llenos de barro y el alma aún más cargada. Cerró la puerta con suavidad y se apoyó en ella, como si necesitara sostenerse. La noche había sido larga… y reveladora.

Se acercó al pequeño espejo y deslizó su bufanda con delicadeza. El símbolo lunar seguía allí, pero ahora ardía con una calidez constante. Como un pulso. Como una señal viva.

No sintió miedo. Por primera vez, sintió orgullo.

—Sea lo que sea esto… ya no lo esconderé por dentro —susurró, aunque aún no se atrevía a mostrarlo al mundo.

Muy lejos, bajo capas de tierra y siglos de silencio, una vibración se encendía. Una memoria antigua comenzaba a agitarse. No eran palabras. Era una conciencia: poderosa, dormida… y ahora despierta a medias.

Los ojos del dragón —hechos de sombra y fuego— se entreabrieron en la oscuridad de su prisión olvidada.

Elara había encendido algo más que su propio destino.

Había marcado el inicio del despertar.

Elara se sentó junto a la ventana, con una taza de infusión entre las manos. Observaba el exterior, donde el viento acariciaba las hojas con una cadencia casi hipnótica. El bosque ya no era solo paisaje. Era presencia. Compañía. Testigo de lo que había ocurrido.

El fuego de la chimenea crepitaba suavemente. Todo parecía en calma, pero dentro de ella, las piezas comenzaban a moverse. Preguntas nuevas brotaban, y viejas certezas se desmoronaban.

Recordó las palabras de la figura en el claro: guardián del Alba. ¿Qué significaba ese título? ¿Qué esperaba de ella aquella entidad que no era del todo real… ni del todo sueño?

Elara bajó la mirada a sus manos. No temblaban. Estaban firmes.

Lo que fuera que viniera, ya no era solo su destino. Era una responsabilidad que no podía seguir ignorando.

Se levantó, decidida.

—Mañana… iré a buscar a William —dijo en voz baja—. Él lo sabía. Siempre lo supo.

Y con eso, se encaminó a descansar. El sueño, por fin, llegó… pero no sin sueños. Esta vez, el dragón también la observaba.

5

El camino del alba

El amanecer filtraba su luz tenue por las rendijas de la ventana. Elara se incorporó en la cama, los ecos del sueño aún resonaban en su mente. No era solo un recuerdo: era un llamado.

Se sentía distinta. Había algo en su interior que ya no titubeaba. Se levantó sin dudar, como si cada paso que diera la acercara más a ese destino que por fin había aceptado. Mientras se vestía, sus pensamientos volvían a William, a la promesa que solo ahora comenzaba a entender.

La casa estaba en silencio. Tomó el colgante que descansaba sobre la mesa, ese que había brillado en el claro, y lo apretó en su mano. El frío del metal contrastaba con la determinación que crecía dentro de ella.

—Hoy empiezo el camino —murmuró.

Salió y la brisa matutina le acarició el rostro. Frente a ella, el mundo seguía igual... pero ella ya no.

Me desperté con un sobresalto. No sabía por qué, pero el aire se sentía distinto. Como si algo hubiera cambiado mientras dormía.

No era una sensación normal. Era un nudo en el pecho, uno de esos que no sabes de dónde viene, pero sabes que no puedes ignorar.

Me vestí deprisa y salí a la calle. Caminé sin pensar, guiada por la inquietud. Fue entonces cuando una vecina me detuvo:

—Tu amiga… la del colgante. La vi irse hacia el bosque, sola. Iba muy temprano.

Elara.

Mi estómago dio un vuelco. Ella no solía hacer cosas así. No sin avisar. Y mucho menos tan temprano.

Me dirigí al claro. Algo dentro de mí lo supo desde el principio: si ella estaba en algún lugar, sería allí. Pero cuando llegué, no había nadie. Solo silencio. Un silencio que pesaba.

Entonces lo sentí… como si el suelo respirara. Una energía extraña, contenida.

—Ella ya ha comenzado el camino —dijo una voz a mi espalda.

Me giré. William.

—¿Qué camino? —le pregunté, sintiendo la urgencia apretar mi garganta.

Él no respondió. Solo señaló el centro del claro.

Una flor negra había brotado allí. Oscura, perfecta. Nunca la había visto antes. Y, aun así, me resultaba familiar.

Me giré bruscamente hacia William, el corazón latiéndome con fuerza.

—¿Y por qué se lo has permitido? —solté, sin poder contenerme—. ¿Por qué ha ido sola? ¿Qué tienes que ver tú en todo esto? ¿Y por qué sabes tanto?

Mi voz temblaba, entre el enfado y el miedo.

William sostuvo mi mirada sin inmutarse. Por un instante, sentí que sabía exactamente cómo me sentía, como si pudiera leer cada pensamiento desordenado dentro de mí.

—Porque hay cosas que deben cumplirse —dijo con calma—. Aunque no lo entiendas aún. Y yo no decido lo que despierta en cada una de vosotras. Solo acompaño… cuando llega el momento.

Fruncí el ceño, dando un paso más hacia él.

—¿Qué momento? ¿De qué hablas?

William bajó la mirada hacia la flor negra, como si en sus pétalos estuviera escrita alguna verdad antigua.

—Elara ha sentido el llamado antes que tú. Pero no está sola. Solo ha dado el primer paso.

No dije nada. No podía. Todo en mí gritaba preguntas, pero ninguna encontraba forma. Lo único que sabía era que algo muy grande había empezado. Y que, aunque me negara, ya estaba dentro.

William volvió a mirarme, pero esta vez había algo distinto en sus ojos. No era solo conocimiento… era pesar.

—Todo tiene su ritmo, Aria. Ella necesitaba enfrentarse a su oscuridad… y tú, a la duda.

Me sentí desnuda ante esa frase. Como si me hubiera visto por dentro. Y quizás, lo había hecho.

—¿Y si no quiero? —pregunté, con un hilo de voz.

—Entonces no despertarás nada. Pero tampoco podrás detener lo que ya comenzó.

El viento se levantó, agitando las hojas del claro. Sentí un escalofrío en la espalda. La flor negra seguía allí, inalterable. Como si me estuviera mirando.

—Elara está viva, ¿verdad?

William asintió, lento.

—Sí. Pero cada elección que tome la alejará o la acercará más a lo que lleva dentro.

Lo miré de nuevo, más tranquila, aunque el miedo seguía latiendo.

—¿Y yo?

—Tú observarás primero —respondió—. Luego, decidirás si caminarás a su lado o frente a ella.

Me quedé en silencio.

Y en mi pecho algo se movió. No miedo. Ni siquiera furia.

Era un fuego leve. Como si algo, muy en el fondo, comenzara también a despertarse.

Inspiré hondo, pero el aire no fue suficiente. Sentí que algo más profundo, más antiguo, comenzaba a expandirse dentro de mí. Era una sensación vaga, una chispa que despertaba en lo más recóndito de mi ser, algo que llevaba tiempo dormido sin que yo lo supiera.

William permanecía en silencio, mirándome con una calma que parecía contener siglos de paciencia. No hacía falta que dijera más. Su presencia, sólida y tranquila, era un ancla en medio de ese mar de incertidumbre que me invadía.

—¿Y si elijo mal? —Mi voz tembló al pronunciar esas palabras, como si nombrar el miedo le diera más peso.

Él asintió con suavidad, como si entendiera que esa era la pregunta que todos nos hacemos en algún momento.

—Entonces, aprenderás —respondió—. No estás sola en esto, Aria. Siempre tendrás la oportunidad de volver a decidir.

Sus palabras calaron hondo, aunque una parte de mí aún dudaba. ¿Y si las consecuencias eran irreversibles? ¿Si por alguna mala elección me perdía para siempre? Pero ese miedo comenzó a ceder paso a algo más sutil: una llama tenue, un fuego que no quemaba, sino que calentaba, que no destruía, sino que prometía crecimiento.

Miré a William de nuevo. No solo veía al hombre frente a mí, sino algo más: una guía, un reflejo de lo que podía llegar a ser. Sus ojos tenían la serenidad de quien ha aprendido a convivir con la incertidumbre y, aun así, elige avanzar.

Sentí ese fuego leve en mi pecho crecer lentamente, como si despertara un poder dormido, un impulso que me llamaba a enfrentar lo desconocido. No era miedo. No era furia. Era esperanza. Algo que no había sentido en mucho tiempo, y que ahora emergía con fuerza.

—¿Y tú? —pregunté con voz queda, deseando saber qué sentía él en todo esto.

William me miró con una mezcla de ternura y firmeza.

—Cada elección me acerca o me aleja de lo que soy —dijo—, pero no importa el camino que tome, siempre habrá alguien dispuesto a caminar a mi lado… o a enfrentarme si es necesario.

Me quedé en silencio, dejando que sus palabras calaran en mi alma. Algo dentro de mí se movió, una promesa silenciosa de que no estaba sola, de que este fuego que comenzaba a arder sería mi luz en la oscuridad.

Era un fuego leve, pero suficiente para comenzar a despertar.

Sentí que el silencio se alargaba entre nosotros, pero no era incómodo. Era como el momento justo antes de que el mundo cambie, esa calma que antecede la tormenta, o la brisa suave que anuncia el amanecer. Pude notar el leve vaivén de su respiración, la firmeza de su postura, y cómo esa simple presencia empezaba a hacer que mi corazón latiera con más confianza.

—¿Y si no estoy lista? —confesé en un susurro—. ¿Si todo esto es demasiado para mí?

William bajó la mirada un instante, y luego la levantó para encontrar la mía.

—No tienes que estar lista —me dijo con una sonrisa leve—. Nadie lo está realmente. La valentía no es no sentir miedo, sino seguir adelante a pesar de él.

Sus palabras fueron como un bálsamo que calmó la inquietud que bullía dentro de mí. Me di cuenta de que ese fuego en mi pecho ya no era solo un resplandor tímido, sino una llama que empezaba a crecer, tímida pero constante.

—¿Y tú? —volví a preguntar—. ¿No tienes miedo?

William respiró profundo, y en sus ojos vi una verdad que me desarmó.

—Claro que sí —admitió—. Pero he aprendido que el miedo no es mi enemigo. Es una señal de que lo que hago importa, de que debo ser cuidadoso y fuerte. Caminar junto a ese miedo es lo que me hace humano.

Me sentí extrañamente conmovida por esa confesión, como si por primera vez pudiera entender el peso y la belleza de esa lucha interna.

—Entonces —dije casi para mí misma— solo me queda elegir caminar. A su lado o frente a ella, como dijiste.

William asintió, y su sonrisa se amplió.

—Exacto. No hay elecciones perfectas, solo elecciones sinceras.

En ese instante, supe que lo que sentía no era solo incertidumbre, sino esperanza. Una esperanza que había estado dormida, pero que ahora despertaba con fuerza dentro de mí. Y estaba dispuesta a dejarla crecer, sin importar lo que viniera.

William y yo permanecíamos en silencio, la distancia entre nosotros cargada de algo que no podía nombrar. No era solo tensión… era algo más profundo.

Me crucé de brazos, intentando fingir que no me afectaba su mirada fija sobre mí.

—¿Por qué me sigues mirando así? —pregunté, sin poder evitarlo.

—Porque aún no te has dado cuenta —dijo él con voz tranquila.

—¿De qué?

—De lo fuerte que eres. De lo lejos que has llegado. Y de que no necesitas a nadie para elegir tu propio camino.

Tragué saliva. Esa frase, por alguna razón, dolió. Como si acabara de recordarme lo sola que realmente estaba.

Pero entonces, él añadió:

—Aunque si decides no hacerlo sola… yo estaré aquí.

Mi pecho se apretó. No por debilidad, sino por la extraña calma que me produjo escucharlo. Él no me empujaba, no me exigía, no me ataba. Solo ofrecía estar.

—Lo sé. Pero eso no significa que no puedas aceptarla si algún día quieres.

Estaba a punto de responder cuando un crujido leve nos sobresaltó. Ambos giramos la cabeza al mismo tiempo. Desde la entrada, una figura avanzaba con paso firme pero descompasado. Era Elara.

—Vaya… ¿interrumpo algo importante? —dijo con voz seca, sin rastro de humor.

Me incorporé de inmediato, sorprendida por su aspecto: el rostro serio, las mangas arrugadas y la mirada tensa, como si hubiera corrido una maratón emocional.

—¿Dónde estabas? —pregunté, intentando sonar calmada.

Elara no respondió enseguida. Se cruzó de brazos, respirando hondo.

—Fui a despejarme. Caminé hasta el límite del bosque. Pero no llegué sola. Me estaban siguiendo. Y el claro del bosque… no era como siempre.

William se tensó. —¿Quién?

—No lo sé. No hablaban, no se acercaban… solo observaban entre los árboles. Cuando quise volver, uno ya estaba detrás de mí.

Me acerqué un paso.

—¿Te han hecho algo?

—No. Pero uno de ellos susurró mi nombre. Sin conocerme. Sin siquiera verme antes.

Un silencio espeso cayó entre nosotros. Elara nos miró a los dos, seria.

William frunció el ceño, pero no dijo nada. En su mirada había más preocupación que miedo.

—¿Recuerdas cómo era? ¿Ese que susurró tu nombre? —preguntó finalmente.

Elara negó con la cabeza, despacio.

—No lo vi bien. Solo una silueta. Alta. Demasiado quieta. Pero su voz… no era humana, William. Era como si la madera del bosque hablara. Como si los árboles me hubieran estado esperando.

Mi estómago se encogió. El viento sopló afuera, haciendo crujir la cabaña.

—¿Crees que te siguen ahora?

Elara alzó la mirada, lenta.

—No lo creo. Lo sé.

El silencio se volvió a hacer. Esta vez, no era espeso. Era afilado. Cortante. Como si algo invisible se hubiera colado con ella desde el bosque.

William se levantó del banco de madera, incómodo. Caminó hacia la ventana, descorriendo apenas la cortina. Afuera, la niebla cubría el sendero como un velo húmedo. No había nada. Pero tampoco se sentía vacío.

—Tendremos que volver —dijo él, sin mirarla.

Elara lo observó en silencio. Sabía lo que él estaba pensando, lo que se negaba a decir en voz alta: si querían respuestas, debían regresar al claro.

—Lo esperaban a él también —murmuró ella.

William giró lentamente.

—¿Qué?

—Al que susurró mi nombre. No solo me seguía a mí. Sentí que esperaba algo… o a alguien. Y cuando miré atrás, tú ya no estabas conmigo.

William palideció. Recordó el momento exacto en que se había detenido a atarse el cordón. Un instante. Uno solo.

—Entonces —dijo, con voz baja— esto no termina contigo… ni conmigo.

Elara asintió. Su mirada se endureció.

—Termina en el bosque.

6

El claro del bosque

La luna colgaba sobre ellos como un ojo abierto, vigilante. Cada paso que daban en dirección al bosque crujía como un secreto revelado demasiado tarde. Elara avanzaba primero, guiada por una mezcla de intuición y recuerdo. William iba tras ella, con la linterna temblando en su mano.

No hablaban. No había necesidad. Ambos sentían cómo el aire cambiaba al acercarse al claro: más frío, más espeso. Como si el bosque mismo los reconociera.

—Es aquí —susurró Elara.

El claro se abría ante ellos como un cuenco de sombra. Y, en el centro, algo los esperaba.

Una figura de pie. Inmóvil.

—¿Lo ves? —preguntó ella, sin apartar los ojos.

William asintió, tragando saliva. La figura tenía forma humana, pero no era humana. No del todo. Algo en su postura era demasiado erguido. Sus brazos, demasiado largos. Y, aun así, cuando habló, su voz era suave. Como una caricia que quema.

—Habéis llegado tarde.

Elara dio un paso adelante.

—¿Quién eres?

Silencio. Luego, un murmullo apenas audible:

—Lo sabes.

Y lo sabía.

William dio un paso hacia ella, pero el suelo tembló levemente bajo sus pies. Algo lo retenía. Algo antiguo.

—Nos estaban esperando —dijo Elara, con la certeza clavada en el pecho—, pero no por lo que somos... sino por lo que llevamos dentro.

Y la figura asintió.

—El principio ha despertado. Y no todos volverán.

William retrocedió un paso. El suelo seguía temblando con una vibración casi imperceptible, pero constante. Como si algo debajo de sus pies respirara, dormido y antiguo.

—¿Qué quieres decir con eso? —preguntó, mirando a la figura—. ¿Qué significa que no todos volverán?

El ser no respondió. Solo los observaba con sus ojos —si es que los tenía— y un silencio denso se deslizó entre ellos, cubriendo el claro como una niebla sin forma.

Elara sintió que algo le presionaba el pecho. Una sensación parecida al miedo, pero más profunda. No era solo la amenaza que esa figura representaba, era el reconocimiento. La certeza de que ella ya lo había visto antes... en sueños, en sus pensamientos, en los vacíos que a veces sentía en su memoria.

—Tú... —murmuró, entrecerrando los ojos—. No es la primera vez que nos vemos, ¿verdad?

La figura asintió, apenas.

—No en esta vida.

William giró el rostro hacia Elara, confundido.

—¿Lo conoces?

—No —dijo ella—. Pero sí.

Sus palabras se contradecían, pero tenían sentido. Era como una memoria ancestral, algo grabado en el alma más allá del tiempo.

La figura alzó una mano y de su palma brotó un resplandor tenue, azulado. El suelo dejó de temblar. El bosque entero pareció contener la respiración.

—Hay más como tú —dijo—, pero solo uno puede abrir el camino.

—¿El camino a qué? —exigió William.

—A lo que duerme.

Y entonces Elara lo sintió. No con los oídos, sino con el cuerpo entero: un susurro que no venía del claro ni del bosque, sino de su interior. Una voz antigua, que la llamaba por su verdadero nombre. Uno que aún no recordaba.

Retrocedió un paso, pero la figura ya no estaba.

—¿Se fue? —preguntó William, girando sobre sus talones.

No. No se había ido. Solo se había disuelto. Como niebla en la noche. Como un recuerdo que nunca fue del todo real.

Elara respiró hondo.

—Tenemos que irnos.

—¿A dónde?

Ella miró hacia el bosque y luego hacia el cielo. La luna seguía allí. Observando.

—A donde todo comenzó.

El suelo crujía bajo sus pasos mientras los tres avanzaban en silencio. Elara encabezaba el camino, sus ojos fijos en la negrura entre los árboles. No necesitaba una antorcha. No cuando la misma oscuridad parecía reconocerla. A sus espaldas, William caminaba tenso, y Aria observaba todo con los labios apretados, como si algo invisible pudiera saltar en cualquier momento.

—¿Qué estamos buscando exactamente? —preguntó William en voz baja.

—Respuestas —respondió Elara sin detenerse—. O, al menos, las piezas que faltan.

Aria giró la cabeza hacia él.

—Algo la llama. ¿No lo sientes?

Él frunció el ceño, pero no respondió. Lo sentía, sí. Ese cosquilleo en la nuca, ese susurro sordo que no tenía voz, pero presionaba el pecho.

La espesura del bosque los tragó. Ya no se veían las estrellas. Solo ramas, sombras y un frío que no venía del viento. Elara se detuvo. Una raíz sobresaliente marcaba un círculo perfecto en el suelo. Como si algo lo hubiera quemado siglos atrás.

—Aquí fue —murmuró.

William se acercó.

—¿Aquí qué?

—El inicio. La ruptura. La primera vez que lo escuché. A él.

Aria se encogió.

—¿Él? ¿Hablas del que susurró tu nombre?

Elara asintió. El silencio vibró como un tambor apagado. Entonces, un murmullo rompió la calma. Viento… o no.

—No están solos —dijo William, sacando el amuleto que le había dado su madre.

Las sombras se arrastraban entre los árboles, largas y descompuestas. No tenían forma humana, pero caminaban como si hubieran olvidado cómo hacerlo. Uno se deslizó cerca. Aria gritó. William lo enfrentó.

—¡Alejaos!

La sombra se detuvo. Pero no por él. Por Elara.

—Déjenlos —dijo ella con firmeza—. Ellos vienen conmigo.

Las sombras retrocedieron, y una voz invisible, grave y antigua, llenó el aire.

—Al fin vuelves, hija del eco.

Elara tragó saliva. Su pecho ardía.

—No soy tu hija.

—Pero llevas la marca. La herencia. Y el final.

William se interpuso entre la voz y ella.

—¿Qué quiere?

La voz no respondió. Pero el bosque pareció inclinarse hacia ellos, como si respirara. Elara cayó de rodillas.

—Está aquí —dijo con los ojos muy abiertos—. Él. El que no tiene rostro.

Corrí a su lado.

—¡Elara!

Entonces todo se descompuso. El suelo tembló. Los árboles se inclinaron. El cielo se volvió rojo por un instante. Y una figura emergió del círculo quemado. No tenía rostro. Solo una máscara blanca agrietada, flotando sobre una sombra sin cuerpo.

—El recuerdo que olvidaste ha vuelto —dijo la figura—. Y con él, la deuda.

William lo atacó. Su amuleto brilló. Pero fue en vano. Elara se puso de pie.

—No lo toques —dijo, con lágrimas ardiendo en los ojos—. Esto es mío.

La figura extendió una mano. De su palma brotaron hilos de oscuridad. Elara no se movió.

—Acepto —susurró.

La sombra la tocó.

El bosque se apagó. No fue una caída del sol ni una sombra común. Fue como si alguien hubiera cerrado los ojos del mundo. El aire se volvió denso, casi líquido. Y, en el centro de todo, Elara permanecía de pie.

William se lanzó hacia ella, pero su cuerpo no respondió. Se sentía atrapado, suspendido en el tiempo. Aria gritaba su nombre, aunque su voz no atravesaba esa nueva oscuridad.

La figura sin rostro levantó la cabeza. La máscara blanca ahora sangraba grietas, como si algo dentro estuviera luchando por salir.

—Has recordado —dijo con voz que no era una sola, sino muchas superpuestas—. El lazo no puede romperse.

Elara tembló, pero no retrocedió.

—Tú no mandas en mí.

—¿No? ¿Y por qué estás aquí entonces? Viniste porque te llamé.

Ella apretó los puños.

—Vine a acabar con esto.

La figura estalló en mil fragmentos de sombra. Cada trozo giró alrededor de ella, como un torbellino negro. Los árboles lloraban savia oscura. Aria logró moverse, y alcanzó a Elara justo cuando sus ojos se volvían completamente blancos.

—¡No lo dejes entrar! —grité, sujetándola del brazo.

Pero Elara ya no estaba sola en su mente.

Dentro de su cabeza, un lugar antiguo se revelaba. Una habitación sin puertas. Ecos de su infancia. Voces que no eran suyas.

Y en el centro, él: sin máscara, sin sombra. Solo una figura humana… con su propio rostro.

—Soy lo que dejas cuando huyes de ti —le dijo—. Y ahora has regresado. ¿Me reconoces?

—No —susurró Elara.

—Mentira.

Un espejo se levantó ante ella. Y lo vio. A sí misma, con los ojos de aquella criatura, el mismo temblor en los dedos, el mismo miedo contenido. No eran opuestos. Eran reflejo.

—No puedes destruir lo que nace contigo —dijo él—. Pero puedes decidir qué hacer con ello.

Fuera de su mente, Elara cayó de rodillas. La oscuridad se deshacía como humo. El bosque recuperaba su forma, pero ahora distinto. Como si hubiera sido tocado por otra realidad.

William la sostuvo. Ella lo miró.

—Ya sé lo que es. Lo que soy.

Aria se acercó, aún temblando.

—¿Y qué eres?

Elara se puso de pie, respirando con dificultad.

—Un vínculo. Un portal. Una advertencia.

William frunció el ceño.

—¿Una advertencia?

—Sí —dijo Elara, mirando el cielo, donde la luna ahora tenía una fisura—. Esto apenas empieza.

El silencio se instaló con la intensidad de un trueno contenido. Nadie se movía. Nadie respiraba con normalidad. La grieta en la luna seguía ahí, abierta como una herida reciente en el cielo. No era una ilusión. No era un juego de sombras. Palpitaba, como si estuviera viva.

William ladeó la cabeza, observando la fisura con creciente inquietud.

—¿Qué… qué es eso? —murmuró, como si temiera que algo lo escuchara.

Elara no respondió de inmediato. Dio un par de pasos hacia adelante, con la mirada clavada en lo alto. El viento le agitaba el cabello y su respiración era pausada, pero contenía algo más profundo… un recuerdo que aún no emergía.

—No es una grieta —dijo finalmente—. Es una puerta.

Fruncí el ceño, mi voz tembló.

—¿Una puerta a dónde?

—A lo que dejamos atrás —susurró Elara—. A lo que juramos no volver a despertar.

William miró el cielo con la misma preocupación que sentía en el pecho. La fisura en la luna seguía allí, expandiéndose apenas perceptible, como una herida que no dejaba de sangrar. Elara y yo caminábamos en silencio unos pasos delante de él. El bosque, aún a distancia, parecía más oscuro que nunca.

—¿Crees que lo que viste era real? —preguntó en voz baja, dirigiéndose a Elara.

Ella no respondió de inmediato. Sus pasos eran firmes, pero su expresión había cambiado. Como si algo dentro de ella se hubiese despertado… o quebrado.

—Más real que cualquier cosa que haya sentido antes —susurró—. Fue como si… algo me llamara. Como si yo le perteneciera.

Apreté los labios y mi mirada se clavó en la de Elara, como si intentara leerle el alma.

—¿Y tú quieres pertenecerle?

—No lo sé —admitió ella—. Pero creo que ya no tengo elección.

Un crujido entre los árboles detuvo su avance. Todos se quedaron quietos, en tensión.

Algo se movía.

Ya no eran sombras. No eran recuerdos.

Esta vez, no estaban solos.

El silencio era denso, casi vivo.

Se miraron un segundo, conteniendo la respiración. No hizo falta decir nada. El vínculo entre ellos, aún sin nombre, era más fuerte que el miedo.

Una rama crujió a la izquierda.

—¿Lo has oído? —preguntó Elara en voz baja, llevando la mano a la empuñadura de su daga.

Asentí. El aire había cambiado. No era solo la presencia de algo… era el eco de un poder antiguo, olvidado.

Las hojas se agitaron como si alguien —o algo— las apartara al pasar. Una figura se perfiló entre los árboles. No era humana, pero caminaba como uno de los nuestros.

Los ojos de Elara se abrieron de par en par. Su cuerpo temblaba, pero no retrocedió.

—Es él… —murmuró—. El que me llama.

Sus palabras colgaron en el aire, cargadas de una certeza que heló mi sangre. No era un presentimiento. Era un reconocimiento.

Ella dio un paso al frente. No hubo duda en su movimiento, pero sí una tristeza profunda en su mirada. Como si supiera que, al acercarse, algo dentro de ella se perdería para siempre.

—Elara —la llamé, pero no se detuvo.

La figura emergió del bosque, envuelta en un manto que parecía hecho de noche y ceniza. No tenía rostro, pero su presencia hablaba directamente al alma.

Y la de Elara respondía.

Lo vi.

Sentí el tirón invisible, el lazo imposible de romper.

—Él me pertenece… —susurró ella—. Y yo a él.

Quise alcanzarla, detenerla, decirle que aún podía elegir. Pero mis pies no se movieron. Como si el bosque mismo se aferrara a mis tobillos, obligándome a ser testigo.

Elara se detuvo a pocos pasos de la figura. El aire entre ambos crepitaba, como si una tormenta estuviera a punto de estallar. Entonces, él alzó una mano.

Y Elara, sin dudarlo, la tomó.

Un destello cruzó el claro. Una ráfaga de viento barrió las hojas. Y en un abrir y cerrar de ojos… desaparecieron.

Me quedé sola con William. Con el eco de su nombre en los labios. Con la sensación de que el mundo acababa de cambiar. Porque en el fondo, lo sabía:

Elara ya no era nuestra.
Ahora le pertenecía a algo mucho más grande.
Y mucho más peligroso.

7

Ella eligió irse

Elara se desvaneció sin mirar atrás.

Me quedé de pie, inmóvil, mientras el claro volvía a sumirse en el mismo silencio espeso de antes. Pero ya no era el mismo lugar. Algo había cambiado. No fuera… dentro de mí. Como si una parte se hubiese ido con ella, arrancada de golpe.

—¿Aria?

La voz de William llegó baja, casi con miedo a romper el aire denso que nos rodeaba.

No respondí.

No podía.

No entendía lo que acababa de pasar, pero lo sentía. Una especie de vacío, de hueco cálido que aún olía a ella. A su risa contenida. A la duda en sus ojos justo antes de extender la mano hacia lo desconocido.

Ella eligió irse. Y no me eligió a mí.

Tragué saliva. No quería llorar. No aquí. No delante de William. No cuando algo allá fuera nos estaba observando.

—Tenemos que movernos —dije al fin, mi voz más firme de lo que esperaba.

William asintió, pero lo vi dudar. Él también lo sentía. Esa energía rara que flotaba entre los árboles. No era hostil. Era… expectante.

Caminamos juntos, más cerca que antes. Nuestros pasos eran suaves sobre la tierra húmeda, y el bosque parecía escucharnos, como si cada rama y hoja tuviera oídos. Todo estaba demasiado en silencio.

Entonces, lo oímos.

Un crujido. Sutil, pero claro. A nuestra izquierda.

Me detuve al instante, con los músculos tensos. William también.

—¿Lo has oído? —susurró él.

Asentí. Mis dedos se cerraron, y sentí la energía agitarse bajo la piel, impaciente. Aún no sabía controlarla del todo, pero sí podía sentirla viva, dispuesta a protegerme si algo se acercaba.

—No estamos solos —murmuré.

Y, en ese momento, lo supe: lo que se la llevó no había terminado con Elara.

Venía también a por mí.

El sonido volvió, esta vez más cerca. No era el crujido torpe de un animal. Era algo que sabía moverse sin ser visto… pero esta vez no quería pasar desapercibido.

—No corras —le susurré a William, sin apartar la vista del borde del camino.

—¿Parezco alguien que corre? —respondió, sin sarcasmo. Solo concentrado.

Me adelanté unos pasos, no por valentía, sino porque algo en mi interior me empujaba. Como si mi magia —o

lo que fuera esta energía que me quemaba por dentro—
quisiera llegar antes que yo.

Entonces la silueta emergió.

No era Elara.

Pero se parecía.

No en su rostro ni en su forma, sino en el aura. En esa
vibración invisible que me hablaba sin palabras. Era alta,
envuelta en telas oscuras que parecían hechas de niebla. No
tenía rostro visible. Solo una voz que no usaba boca.

—Tú no eras la elegida —dijo.

La voz no era masculina ni femenina. Era como oír
una verdad.

—No me importa —contesté—. He venido a por ella.

Un silencio extraño siguió a mis palabras. Como si el
bosque también esperara la respuesta.

—Ella eligió irse. Tú no la perdiste. Ella te dejó.

La frase fue una daga, pero no reaccioné. No le daría el
poder de verme temblar. William dio un paso hacia mí, en
silencio, y eso me bastó para no quebrarme.

—¿Dónde está? —pregunté, sin suavidad.

—Donde tú no puedes seguirla.

—¿Quieres probarme?

La figura pareció inclinar la cabeza, como si observara
algo más profundo en mí. Luego habló, más suave:

—No se trata de poder. Se trata de voluntad.

Y desapareció. Sin humo. Sin sonido. Como si nunca
hubiese estado allí.

Me quedé paralizada. La energía que tenía ardiendo
dentro comenzó a calmarse poco a poco, como un fuego
que retrocede por decisión propia.

William rompió el silencio.

—¿Estás bien?

—No —le respondí—. Pero voy a estarlo.

Porque ahora lo sabía: no podía quedarme esperando a que Elara volviera.

Tenía que convertirme en alguien a quien valiera la pena regresar.

Caminamos en silencio. El aire estaba cargado, como si el bosque supiera que algo dentro de mí se había roto… o reconstruido. Cada paso que daba era una elección, una afirmación. No por Elara. Por mí.

William me ofreció su capa cuando el viento arreció, pero la rechacé con un leve movimiento de cabeza. No quería cobijo, no quería nada. Quería enfrentar el frío y sentirlo en la piel. Quería que todo doliera un poco más, porque el dolor me mantenía despierta.

—No tienes que demostrar nada —dijo él tras unos minutos.

—No lo hago por ti —contesté sin detenerme—. Tampoco por nadie.

Un silencio incómodo lo envolvió. Quizá esperaba otra respuesta, quizá solo le pesaba la conciencia. Pero yo no pensaba suavizar nada.

Atravesamos los árboles hasta que la linde del bosque nos mostró las torres de Ethra a lo lejos. Las piedras brillaban como si reflejaran algo más que luz. Poder. Historia. Recuerdos que no me pertenecían, pero que de algún modo me reclamaban.

Me detuve.

—¿Y si allí tampoco soy nadie? —pregunté en voz baja, apenas un susurro.

William frenó y se giró despacio. Me observó en silencio. Sus ojos azules no mostraban ternura, sino una comprensión firme, cruda. No era lástima. Era algo más profundo, como si él también hubiera sentido esa misma duda clavada entre las costillas.

—Entonces haz que lo sepan —dijo por fin—. Haz que vean de lo que eres capaz.

Bajé la mirada. Mis manos temblaban, no de miedo, sino de la carga invisible que me traía hasta aquí. No tenía respuestas. No tenía certezas. Solo esa energía que vibraba dentro de mí cada vez que me acercaba a Ethra. Como si todo estuviera esperándome… o desafiándome.

—¿Y si no basta?

—Entonces conviértelo en suficiente.

Y siguió caminando.

—¿Y tú? ¿Por qué no puedes venir conmigo? —le pregunté sin mirarlo.

William se giró hacia mí. Sus ojos azules no mostraban ternura, sino una mezcla de comprensión y firmeza. Me miraba como si él también se lo hubiera preguntado antes.

—Porque yo ya estuve dentro —susurró—. Y aún no he salido del todo.

Sus palabras me helaron. Lo miré entonces, y por primera vez lo vi cansado. No físicamente, sino algo más profundo. Como si una parte de él siguiera atrapada allí donde ahora me tocaba entrar a mí.

—Te están esperando, Aria. Pero no para matarte. Quieren probarte. Destrozarte si pueden. Y luego, convertirte.

Tragué saliva. Lo supe. Siempre lo había sabido, aunque me negara a pensarlo en voz alta.

—No voy a caer —dije, aunque no estaba segura de creerme.

William asintió, pero no sonrió.

—Por eso puedes entrar.

Y me quedé allí un instante, sabiendo que el siguiente paso ya no era solo hacia Ethra, sino hacia mí misma. Y que una vez cruzara esa línea… ya no iba a ser la misma.

Di un paso. El aire se volvió más denso, como si el bosque mismo contuviera la respiración. La luz entre los árboles parecía observarme, juzgarme… o protegerme.

Las torres de Ethra se alzaban más cerca, imponentes. Y aunque no se oía nada, sentía que algo —alguien— ya sabía que me acercaba.

«Estoy aquí», pensé.

No sabía si se lo decía a Elara… o a mí misma.

Cuando llegué a la línea invisible que William no podía cruzar, me detuve otra vez. Podía sentir cómo su mirada se clavaba en mi espalda, esperando, pero sin intervenir.

—Elara… —susurré, por si acaso mi voz pudiera llegar hasta donde ella estuviera—. Voy a por ti.

Y crucé.

No hubo destello. No hubo temblor. Solo una certeza helada que me recorrió desde los tobillos hasta el pecho.

Todo iba a cambiar.

Y yo también.

Los árboles eran más altos allí, más antiguos. Sentía sus raíces bajo mis pies, latiendo como si tuvieran corazón propio. Cada paso era más pesado, como si la tierra midiera mis intenciones.

Empecé a ver símbolos grabados en las piedras. No los entendía, pero algo en mí los reconocía. Como una voz antigua que despertaba. Como si mi cuerpo supiera cosas que mi mente aún no recordaba.

Apreté los dientes. No podía dejar que el miedo tomara forma. Si lo hacía, me tragaría viva.

Había escuchado historias de Ethra. Nadie que cruzara volvía siendo el mismo. Algunos no volvían en absoluto. Otros… no eran reconocibles. ¿Y si Elara ya no era ella?

No. No podía pensar en eso. Si la oscuridad la había tocado, tenía que alcanzarla antes de que la consumiera por completo.

Un murmullo rompió el silencio. No venía de ningún lugar en específico. Era como un susurro que vibraba dentro de mi pecho.

No estaba sola.

Pero no era Elara.

Esto… era algo más antiguo. Algo que me conocía. Algo que me esperaba.

Tragué saliva y seguí caminando, aunque mis piernas ya no parecían querer obedecerme del todo.

El suelo bajo mis pies pareció latir cuando crucé el umbral invisible.

No hubo puertas, ni guardianes, ni advertencias más allá del silencio absoluto que me recibió. Un silencio que no era vacío, sino expectante. Como si Ethra misma me hubiera estado esperando.

Y, sin embargo, no era bienvenida.

A Cada paso se sentía observada. No por ojos, sino por la propia memoria de ese lugar. Las piedras bajo mis pies, oscuras y cubiertas de grietas antiguas, parecían susurrar fragmentos de historias que no recordaba haber vivido, pero que dolían igual.

Me rodeaban torres lejanas, algunas rotas, otras intactas como si hubieran desafiado el paso del tiempo. Una niebla espesa se arremolinaba entre las columnas caídas, rozándome los tobillos con dedos invisibles.

No podía ver a Elara, pero la sentía.

La oscuridad que la envolvía no era una simple sombra. Era más bien un eco profundo, como si algo dentro de ella hubiese despertado… o había sido llamado.

—¿Estás aquí? —pregunté en voz baja, aunque sabía que no respondería.

No con palabras.

Algo tembló en el aire. Un crujido leve, como si una parte del mundo se agrietara, y por esa fisura, un suspiro antiguo se colase en mi piel.

Y entonces comprendí que no solo había venido a salvarla.

También había venido a enfrentarme a lo que quedaba de mí.

O a lo que estaba a punto de perder.

8

A pesar de la oscuridad

No había ido a ganar.

Esa verdad me atravesó justo cuando la vi. Elara. De pie, en el centro del antiguo altar, envuelta en una calma que no le pertenecía. No brillaba. No lloraba. Solo estaba… vacía.

Mi corazón golpeó con fuerza, como si supiera antes que yo que lo que estaba frente a mí no era del todo ella.

No pregunté si me recordaba. No grité su nombre.

Solo me acerqué. Paso a paso. Hasta que el frío empezó a calarme los huesos.

—Sabía que vendrías —dijo. Pero su voz no era suya. Tenía el tono, sí, pero no el alma.

Me detuve justo antes del círculo. Las marcas grabadas brillaban con un resplandor tenue, como si dudaran de mi derecho a estar ahí.

—¿Y aun así te fuiste? —pregunté.

Mis palabras no eran reproche, solo heridas abiertas—. ¿Sin decir nada, sin dejar nada?

Sus ojos, oscuros como nunca los recordé, me sostuvieron la mirada. Dentro de ellos había rabia. Y miedo. Y una soledad tan enorme que casi me hizo dar un paso atrás.

Pero no lo hice.

—No entendías lo que era necesario —susurró.

—No. Pero eso no justifica que te dejaras atrapar por esto.

Toqué el borde del círculo. Una corriente helada me recorrió el brazo. Detrás de ella, algo tembló. No Elara. Algo más. La oscuridad que la rodeaba. Esa que ahora temía que yo entrara.

—No vengo a llevarte. No puedo salvarte —le dije. Sentí que la voz me temblaba, pero no me importó—. Pero puedo recordarte que no estás sola.

Un segundo. Una fisura. Como si esa frase rompiera el silencio de siglos.

Elara parpadeó. Y por un instante, su respiración cambió.

Fue suficiente.

Atravesé el círculo. La oscuridad se cerró como dientes a mi alrededor, y sentí cómo me robaba el aliento, la fuerza, los recuerdos. Pero la abracé igual. Abracé a Elara. No con los brazos, sino con lo que quedaba de mí.

La grieta dentro de ella respondió.

No todo se rompió. Ni todo sanó.

Pero resistimos.

Cuando abrí los ojos, el altar estaba en ruinas. Las marcas habían desaparecido. Elara estaba a mi lado. Dormía. Pero su rostro… era suyo otra vez.

Me dolía todo el cuerpo. Tenía miedo de lo que vendría después. Pero por primera vez, el silencio no pesaba.

Quizá no habíamos vencido.

Pero habíamos elegido no rendirnos.

Y en este mundo, eso lo era todo.

El suelo temblaba bajo mis pies, pero ya no tenía miedo.

No había claridad, ni respuesta. Solo Elara de pie, al borde del altar, con la oscuridad abrazándola como si siempre le hubiera pertenecido.

No me miraba. O, tal vez, no podía.

Su figura temblaba, contenida por algo más fuerte que la voluntad.

Me acerqué sin hablar. No había palabras que cambiaran lo que había sido hecho.

La oscuridad se agitó a mi paso. No le gustaba mi presencia. No le gustaba lo que yo era.

—No he venido a detenerte —dije al fin—. Solo quería que supieras que aún puedes decidir.

Elara giró apenas el rostro. Lo suficiente para que nuestros ojos se encontraran.

Había dolor en los suyos. Pero también… una chispa. Un recuerdo.

—No puedo volver —susurró.

—No te estoy pidiendo que vuelvas —respondí—. Solo que no desaparezcas.

Por un momento, el mundo se sostuvo en un hilo. Y ella… ella dio un paso atrás.

La oscuridad gritó, invisible, como una bestia privada de su presa. Pero no pude moverme. No debía. Era su batalla. No la mía.

Elara cerró los ojos.

Y luego, desapareció.

No hubo gritos. No hubo luz.

Solo el silencio. Denso. Inmenso.

Y en él, supe que había elegido.

Quizá no para quedarse.

Pero tampoco para perderse del todo.

Salí sola del altar.

Las piedras ya no brillaban. Las torres habían caído. Ethra era solo ruinas de una historia que nunca fue mía.

Pero me sentía más viva que nunca.

Había dolor. Sí.

Pero también memoria.

Y mientras el bosque me tragaba de nuevo, supe que a veces, amar a alguien no significa salvarlo.

Sino dejar que elija.

Si lo hacía, me rompería.

Elara se había ido. No sé si para siempre, no sé si algún día recordará quién fue antes de que la oscuridad la reclamara. Pero lo que sí sabía es que eligió. Y eso… le devolvía parte de su alma.

Seguí caminando entre los árboles. Con cada paso, el bosque parecía menos amenazante. Como si también él entendiera que todo había cambiado.

Mi ropa seguía sucia, mis piernas dolían, y el silencio era brutal. Pero ya no estaba vacía.

Luz y sombra.

Eso éramos.

Eso siempre fuimos.

Y, por primera vez, aceptarlo no me rompía.

Cuando salí del bosque, William me esperaba, apoyado en su bastón. No dijo nada. Solo me miró. Sus ojos azules ya no juzgaban. Solo comprendían.

—¿Se ha ido? —preguntó al fin.

Asentí.

—Eligió su final. O tal vez no…

William bajó la mirada, y por un instante, pareció más viejo que nunca. Luego suspiró y me ofreció la mano.

—Entonces será nuestro principio —dijo.

Y le creí.

Porque, aunque habíamos perdido a Elara y aunque Ethra había caído, aún quedaba algo.

Una historia que contar. Un mundo por sanar.

Y yo, por primera vez, estaba lista.

Lista para vivir.

Para recordar.

Para no dejar que la oscuridad volviera a tomar lo que no le pertenecía.

Porque incluso en un mundo roto…

La luz siempre encuentra una grieta por donde entrar.

Días después, regresé sola a las ruinas de Ethra. No por nostalgia, sino por respeto.

Las piedras seguían esparcidas, pero la energía había cambiado. Ya no dolía. Ya no gritaba. Era solo silencio… de verdad esta vez.

En el centro del altar, dejé algo que siempre había llevado conmigo: el colgante de Elara. Aquel que una vez fue suyo antes de que la oscuridad se lo arrebatara.

—No vuelvas si no eres tú —murmuré, dejándolo sobre la piedra.

El viento no respondió. Pero algo en mí se aflojó, como si soltarla fuera también salvarme un poco.

Me di la vuelta. Y esta vez sí, no miré atrás.

William y yo no hablamos mucho después. No hacía falta.

La guerra no había terminado, pero nosotros habíamos dejado de huir.

Éramos pocos, rotos, distintos... pero vivos.

Algunas noches, cuando el fuego se apaga y el mundo parecía calmado por un momento, cierro los ojos y la veo.

A Elara.

Ni sombra, ni luz. Solo ella.

Y sonrío.

Porque allá donde esté, sé que me escuchará.

Y yo sigo caminando.

Por las dos.

No fue el final. Salvarla no cerró esa historia, ni borró todo lo que habíamos vivido.

Sabíamos que aún nos esperaba un camino largo, lleno de sombras y de luz, de decisiones y de pérdidas. Como la de Elara.

Pero esa era nuestra lucha. Nuestra verdad.

Y yo estaba dispuesta a recorrerla, a mi manera, sin miedo y sin promesas falsas. Con tal de sacarla de las garras de la oscuridad.

Porque, a veces, lo que importa no es llegar, sino no dejar de avanzar.

Índice